LES Proverbes DE PIERROT

PAR TANTE NICOLE

COMPOSITIONS DE JEAN GEOFFROY

PARIS
LIBRAIRIE CH. DELAGRAVE
15, RUE SOUFFLOT, 15

LES PROVERBES
DE PIERROT

COULOMMIERS. — IMP. P. BRODARD ET GALLOIS.

LES

Les Proverbes de Pierrot

PAR TANTE NICOLE

COMPOSITIONS
DE
JEAN GEOFFROY

PARIS
LIBRAIRIE CH. DELAGRAVE
15, RUE SOUFFLOT, 15

QUAND LE CHAT N'Y EST PAS, LES SOURIS DANSENT.

Quand le Chat n'y est pas, les Souris dansent.

Le « Chat », c'est le maître d'école.

Les « Souris », c'est Pierrot nº 1, Pierrot nº 2, Pierrots nºs 3, 4, 5, etc.

Le « Chat » a quitté la classe ; aussitôt toutes les « Souris », c'est-à-dire tous les Pierrots, quittent leurs places et se mettent à danser la farandole sur les bancs et sur les pupitres.

Quel est celui qui est en tête?

Est-ce que cela se demande? C'est Pierrot nº 1, le plus paresseux, le plus ignare, le plus cancre écolier de la classe.

Il a jeté à terre l'écriteau qui lui décorait le dos et qui était destiné à apprendre à tout le monde quels sont ses mérites.

Il brandit son bonnet, son joli bonnet : le bonnet d'âne.

Sans doute il trouve que ce bonnet lui va très bien, car il s'arrange pour l'avoir tous les jours.

Il y en a un pourtant qui, j'en suis sûre, doit le mériter aussi très souvent.

C'est Pierrot nº 4.

Voyez : il a mis sur son nez les lunettes du maître, sur sa tête la calotte du maître, qui, elle, danse aussi la sarabande. D'un coup de pied, il envoie promener le gros livre du maître, et il décrit des entrechats sur sa table.

Pierrot nº 5 a fait un cheval de son banc.

Mais un instant, j'entends du bruit... Qu'est-ce qui arrive?

UN PEU D'AIDE FAIT GRAND BIEN.

Un peu d'aide fait grand bien.

Ce qui arrive pendant que toute la classe est en l'air, c'est le maître.

Les Pierrots l'ont entendu, et vite, vite, courent à leur pupitre.

Pierrot n° 1 replace son bonnet d'âne sur sa tête.

Pierrot n° 2 et les autres remettent le nez dans leurs livres.

Le maître jette un coup d'œil autour de la classe. Quoique tous, ou à peu près, aient repris leur place, il devine qu'on a profité de son absence pour s'amuser.

Il va bien voir.

« Pierrot n° 1, dit-il, avancez. Avez-vous étudié votre table de multiplication pendant que je n'y étais pas ?

— Oui, m'sieu ! balbutie Pierrot n° 1.

— Eh bien ! mon ami, venez faire cette difficile opération d'arithmétique », dit le maître qui a tracé deux chiffres sur le tableau noir.

Pierrot n° 1 s'avance, armé de la craie, et demeure immobile devant le tableau.

« Eh bien ! dit le maître : deux fois deux ?...

— Deux fois deux..., marmotte Pierrot n° 1.

— Deux fois deux!... c'est bien simple, se dit en ricanant Pierrot n° 2. Ah! si c'était moi!... Deux fois deux font trois! Tout le monde sait ça!

— Deux fois deux?... répète le maître.

— Deux fois deux..., répète Pierrot n° 1 indistinctement.

— Deux fois deux font sept, lui souffle Pierrot n° 3.

— Deux fois deux font sept! fait Pierrot n° 1 d'un ton triomphant.

— Pierrot n° 1 gardera le bonnet d'âne, prononce le maître, et de plus il aura du pain sec à son goûter. »

Cette dernière punition touche Pierrot n° 1 bien plus que l'autre.

Un peu d'aide fait grand bien. Oui, quand celui qui vous aide n'est pas aussi ignorant que vous ou quand on s'aide pour bien faire.

J'ai grand'peur qu'il n'arrive de même malheur aux deux Pierrots qui ont profité du départ du maître pour aller visiter les cerises du voisin et qui « s'aident » l'un l'autre pour cette vilaine besogne.

Ma foi! je ne les plaindrai pas!

LES BONS COMPTES FONT LES BONS AMIS.

Les bons comptes font les bons amis.

Les bons comptes font les bons amis.

Oui; mais à une condition, c'est qu'on sait compter.

Pierrot n° 1 a une manière à lui de calculer les billes qu'il a perdues, en jouant avec ses camarades, et cette manière n'est pas toujours la bonne.

« J'avais sept billes en commençant, dit-il; j'en ai gagné quatre à Pierrot n° 2, ce qui fait dix-huit; j'en ai perdu douze: reste vingt-quatre. »

Que dites-vous de cette façon d'arranger les affaires?

Vous n'en serez pas étonnés quand vous vous rappellerez que Pierrot n° 1 est toujours le dernier de sa classe et qu'il ne sait faire ni une addition, ni une soustraction, et encore moins une multiplication ou une division.

A sept ans! C'est honteux!

Pierrot n° 2, qui est beaucoup plus fort en arithmétique, presque aussi fort que vous, refait le calcul.

« Sept billes que tu avais, dit-il, et quatre que tu m'as gagnées, cela fait onze; tu en as perdu douze, c'est-à-dire toutes celles que tu avais, plus une; il ne t'en reste donc pas, et de plus tu m'en dois une. »

Mais Pierrot n° 1 ne veut pas entendre de cette oreille-là.

Pierrot n° 3 est appelé comme témoin. A son tour il refait le calcul et il trouve que, bien loin de devoir des billes à Pierrot n° 2, c'est Pierrot n° 2 qui en redoit quarante-sept à son camarade.

« Ah ! c'est comme cela ! fait Pierrot n° 2, eh bien ! je vais vous les payer à tous les deux, les quarante-sept billes que je vous dois ! »

Pierrot n° 3 s'esquive, mais non pas Pierrot n° 1, et Pierrot n° 2 le paye de la belle manière.

Les bons comptes font les bons amis, mais je n'aime pas beaucoup la manière de les régler de Pierrot n° 2.

L'OCCASION FAIT LE LARRON.

L'occasion fait le larron.

Ce n'est pas là le proverbe des honnêtes gens; mais c'est celui de Pierrot n° 1 et de ses camarades, Pierrot n° 2 et Pierrot n° 3.

Ils se promènent ensemble le long d'une ruelle.

« Oh! les belles pommes! » s'écrie Pierrot n° 1 en levant le nez.

Et, en effet, un superbe pommier passe, par-dessus le mur, une de ses branches où pendent des fruits rouges et appétissants.

« Les belles pommes! répètent Pierrot n° 2 et Pierrot n° 3.

— Elles doivent être aussi bien bonnes, ajoute Pierrot n° 2.

— Si nous en cueillions quelques-unes? insinue Pierrot n° 3.

— Le mur est bien haut, remarque Pierrot n° 1.

— En montant sur la borne..., dit Pierrot n° 3.

— Ces pommes ne sont pas à nous; nous n'avons pas le droit d'y toucher, déclare Pierrot n° 2.

— Bah! l'occasion fait le larron! » prononce Pierrot n° 3.

Il saute sur la borne, cueille des pommes et en jette à ses camarades.

« Tiens au fait! c'est vrai, dit Pierrot n° 2. Pourquoi aussi la branche passe-t-elle par-dessus le mur? »

Et il mord à belles dents la pomme que Pierrot n° 3 lui a lancée.

Pierrot n° 4 accourt. C'est à lui qu'appartient le pommier.

« Ah ! ah ! dit-il, l'occasion fait le larron ! C'est possible ; mais l'occasion est bonne aussi pour moi de punir les petits voleurs. »

Et, avant que Pierrot n° 3 ait pu sauter à terre, il lui administre une jolie volée de coups de bâton.

J'ai bien peur que Pierrot n° 1 et Pierrot n° 2 n'en aient aussi leur part.

A l'avenir ils ne diront plus :

« L'occasion fait le larron. »

IL N'Y A PAS DE SOTS MÉTIERS

Il n'y a pas de sots métiers.

Ça, c'est bien vrai : il n'y a pas de sots métiers, il n'y a que de sottes gens.

Pierrot n° 1 est chiffonnier; armé d'une lanterne et d'un crochet, le dos chargé d'une grosse hotte, il cherche, dans les tas d'ordures, s'il n'y trouve pas quelque chose dont il pourra tirer parti. Voilà du papier froissé, sali; des lambeaux d'étoffes de toutes couleurs : Pierrot n° 1 les pique avec son crochet, les jette dans sa hotte et les emporte. Il les vendra au fabricant qui fera avec du joli papier blanc glacé, sur lequel peut-être vous écrirez une gentille petite lettre à votre maman.

Pierrot n° 1 n'est pas un sot, et son métier n'est pas un sot métier, puisqu'il lui fait gagner de l'argent pour vivre.

Pierrot n° 2 balaye les rues. — Pierrot n° 2 n'est pas un sot et ne fait pas un sot métier.

Pierrot n° 3 est commissionnaire et Pierre n° 4 déménageur.

Ils ne sont sots ni l'un ni l'autre et leurs métiers ne sont pas sots non plus.

Le sot, c'est Pierrot n° 5, et le métier qu'il a choisi est très sot aussi. Ce métier consiste à mettre un bel habit, des souliers pointus, un col bien raide, un chapeau luisant; à se fourrer un lorgnon dans l'œil; à prendre une petite canne dont il met la pomme dans sa bouche et à aller se promener tout le jour aux Champs-Élysées.

Tous les gens qui le voient passer disent: « Le sot garçon! »

Et ils ajoutent: « Quel sot métier il fait! »

C'est ce qu'ils ne diront jamais de Pierrot n° 1, de Pierrot n° 2 et de Pierrot n°s 3 et 4.

Car il n'y a pas de métier sot quand ce métier est utile, et quand il donne du pain à celui qui le pratique.

LA CRITIQUE EST AISÉE, MAIS L'ART EST DIFFICILE.

La critique est aisée, mais l'art est difficile.

C'est bien facile de se moquer des autres et de dire : « Ah ! que ce tableau est mauvais ! Ah ! que ce monsieur joue mal du violon ! »

Mais ce qui est difficile, c'est de faire mieux qu'eux.

Pierrot n° 1 aime à régaler ses oreilles, et même les oreilles des autres, d'un petit air de clarinette.

Si je disais qu'il en joue bien, je mentirais.

Non, il n'en joue pas bien, quoiqu'il s'applique de tout son cœur, et même, aussitôt qu'il porte l'instrument à ses lèvres, il en sort toute une volée de couans, couans, sous forme de canards.

Tout le monde ne les voit pas, mais tout le monde les entend.

Seulement pour ma part, je sais bien que, si je me mêlais de jouer de la clarinette, j'en ferais peut-être autant.

Aussi je me garde bien de me moquer, et puisque cela amuse Pierrot n° 1 de jouer de cet instrument, je ne sais pas pourquoi je le priverais de ce plaisir.

Pierrot n° 2 pense tout différemment.

Pierre n° 2 aime à se moquer, à siffler même.

Il ne se contente pas pour cela de rapprocher les lèvres comme vous le faites vous-même, quand vous voulez vous donner la satisfaction de siffler un petit air.

Il lui faut une clé, et quelle clé !

« La critique est aisée, mais l'art est difficile, ami Pierrot n° 2. Vous faites une musique qui n'est pas plus agréable que celle de votre camarade. »

Aussi tous les autres Pierrots s'enfuient épouvantés, en se bouchant les oreilles.

Ma foi ! j'en ferais bien autant !

CHACUN PREND SON PLAISIR OÙ IL LE TROUVE.

Chacun prend son plaisir où il le trouve.

Chacun prend son plaisir où il le trouve.

A quoi prenez-vous plaisir, vous, en hiver?

Peut-être à faire une partie de billes ou de saute-mouton avec vos camarades.

Peut-être à jouer à la bataille avec des boules de neige.

Peut-être à lire le *Saint-Nicolas,* au coin du feu.

Pour la famille des Pierrots, leur grand bonheur, c'est de faire des glissades.

Ils en ont fait une superbe, sur la place, qui décrit un beau demi-cercle.

Les gens sérieux comme moi ont bien soin de ne pas passer par cet endroit, parce que, dès qu'on a mis le pied... bzzzz! on est au bout et pas toujours sur ses talons.

Pierrot Commissionnaire, Pierrot Mitron, Pierrot Écolier, Pierrot Flâneur, Pierrot qui court pour courir, tous, en riant, se lancent sur ce chemin glacé.

Quelquefois, par exemple, on est parti sur ses deux pieds et on arrive... tout autrement.

Mais ce n'est pas cela qui inquiète Pierrot Mitron.

D'abord ses gâteaux, quelle chance! n'ont pas, eux, fait la culbute.

Ils sont restés bien sagement dans leur corbeille.

Le beau biscuit de Savoie est intact.

Intacte aussi la jolie rose qui le décore.

Un camarade, une bonne petite âme, Pierrot, Libraire qui s'imagine que Pierrot Mitron s'est fait du mal, accourt pour l'aider à se relever.

Il a entendu un cri.

C'est un cri de joie; Pierrot est ravi d'avoir glissé et bien plus ravi encore d'être tombé.

Chacun prend son plaisir où il le trouve!

PIERRE QUI ROULE N'AMASSE PAS MOUSSE.

Pierre qui roule n'amasse pas mousse.

Pierre qui roule, ce sont Pierrot n° 1, Pierrot n° 2, et Pierrot n° 3.

« Que c'est ennuyeux d'aller à l'école! disent-ils. S'asseoir tous les matins sur le même banc, devant la même table!

« Faire tous les jours une page d'écriture, un verbe et une dictée!... Est-il au monde rien de plus assommant?

« Faisons plutôt le tour du monde. »

Et Pierrot n° 1, Pierrot n° 2, mettent leurs nippes dans un mouchoir de poche; ils glissent dans leur gousset les sous qu'ils possèdent et les voilà partis.

Pierre qui roule n'amasse pas mousse!

Non, pierre qui roule se frotte aux autres cailloux du chemin qui ne lui laissent pas la moindre chose sur le corps.

En roulant sur les routes, Pierrot n° 1 et Pierrot n° 2 ont bientôt dépensé leurs pauvres sous et usé leurs habits.

Quand ils reviendront, ils seront aussi misérables que Pierrot n° 3.

Lui aussi, il a mieux aimé vagabonder tout le jour que d'aller à l'école; aussi voyez comme il est déguenillé!

Comme il doit avoir froid, par le temps qu'il fait, avec ses pieds nus et ses habits en lambeaux!

Il en est réduit à mendier, ce qui est bien honteux quand on est capable de travailler.

Ah! s'il avait fait comme Pierrot n° 4!

Aujourd'hui, au lieu de demander des sous aux passants, il compterait ceux qu'il a gagnés, ce qui est bien plus agréable.

Voyez comme Pierrot n° 4, le petit marchand de marrons, a l'air satisfait.

Oh! il en a des sous! tous les gamins de l'école lui apportent les leurs pendant la récréation et il remplit leurs poches de beaux marrons sucrés, dorés, brûlants et croustillants.

Lui aussi, il aimerait mieux aller se promener que de rester devant son fourneau à souffler son feu ou à remuer ses marrons sur la poêle.

Mais il n'a garde de le faire, car il sait bien que :

Pierre qui roule n'amasse pas mousse!

DIS-MOI QUI TU HANTES, JE TE DIRAI QUI TU ES.

4

Dis-moi qui tu hantes, je te dirai qui tu es.

Dis-moi qui tu hantes, c'est-à-dire dis-moi avec qui tu aimes à te promener, à jouer, à babiller, et je te dirai qui tu es, c'est-à-dire si tu es bon ou méchant.

Pierrot n° 1, Pierrot n° 2 et Pierrot n° 3 se dirigent vers l'école, leurs livres et leurs cahiers sous le bras.

Je peux vous dire tout de suite : que tous les trois sont de bons petits garçons.

« A quoi voyez-vous cela? allez-vous demander.

— C'est que je sais que Pierrot n° 2 est bon et gentil, et alors je devine que les autres le sont aussi. Toujours les bons vont avec les bons, et les méchants avec les méchants, car : « Qui se ressemble s'assemble », dit encore un autre proverbe. Voyez maintenant Pierrot n° 4, je devine tout de suite que c'est un petit mauvais sujet en herbe.

— Pourquoi?

— Parce qu'il se plaît avec Pierrot n° 5 qui, lui, est tout à fait un mauvais sujet.

« C'est Pierrot n° 5 qui a appris à Pierrot n° 4 à fumer, ce qui est très vilain pour un petit bonhomme. On ne doit pas fumer avant d'avoir de la barbe au menton, car c'est très mauvais pour la santé.

« Comme Pierrot n° 4 sait bien qu'on ne fume pas en classe, qu'est ce qu'il va faire?

« Au lieu de suivre ses camarades à l'école, il va aller flâner avec Pierrot n° 5 et avec les amis de ce Pierrot. Ils le mèneront dans toutes sortes de vilains endroits; peut-être même le feront-ils entrer au café, au cabaret.

« Et vous verrez un jour que Pierrot n° 4 aura, comme Pierrot n° 5, les cheveux en désordre, les souliers en savate et les habits déguenillés. »

Pierrot n° 6 les regarde, ces deux Pierrots, d'un air étonné et indigné tout à la fois.

« Ne fais jamais comme ces vilains garçons, Pierrot n° 6, et dépêche-toi de courir après les bons Pierrots, afin de devenir bon et gentil comme eux. »

N'ÉVEILLEZ PAS LE CHAT QUI DORT.

N'éveillez pas le Chat qui dort.

Le Chat? Où est-il?

Le Chat, c'est le Garde Champêtre; les Souris, autrement dit les Pierrots, ont profité de ce qu'il dormait pour chercher des nids.

Ils savent pourtant bien que c'est défendu! Le maître, à l'école, leur dit bien souvent :

« Si vous faites mourir les petits oiseaux, si vous dénichez leurs œufs, les vers et autres insectes mangeront le blé et vous n'aurez pas de pain.

« Vous n'aurez pas non plus de cerises pour mettre avec votre pain; ni prunes, ni pommes : les insectes mangeront tout. »

Cela n'empêche pas les Pierrots de chercher des nids et de les emporter.

Pierrot Garde Champêtre a beau faire sa ronde, son grand sabre traînant derrière lui, il ne réussit pas à prendre les petits coquins.

Il faut dire que Pierrot Garde Champêtre, fatigué de courir sans doute, s'est endormi.

Comme il dort bien! Si vous écoutiez, je suis sûr que vous l'entendriez ronfler.

Il dort si profondément que Pierrot Jeannot lui chatouille le nez sans qu'il s'en aperçoive.

« N'éveille pas le Chat qui dort! » lui dit son camarade.

Et il a bien raison, car lorsque le Chat, c'est-à-dire Pierrot Garde Champêtre sera réveillé, il pourra bien prendre mes petits coquins par les oreilles et leur infliger une bonne correction.

Ils n'auront que ce qu'ils méritent; mais cela ne rendra pas ses petits à la pauvre maman oiselle.

QUI CASSE LES VERRES LES PAYE.

Qui casse les verres les paye.

« A la fraîche! Qui veut boire? A la fraîche! »

C'est le marchand de coco qui passe. Sa fontaine brille comme de l'or; elle est remplie d'un délicieux breuvage, avec lequel il n'y a pas de danger de se griser. « A la fraîche! Qui veut boire? A la fraîche! »

Pierrot n° 1 se rend à l'école. Quand Pierrot n° 1 se rend à l'école, il n'est jamais pressé d'y arriver et il s'arrête volontiers en chemin.

Vous ne faites pas comme cela, vous, j'en suis bien sûre.

Pierrot n° 1 entend l'appel du marchand de coco :

« A la fraîche! Qui veut boire? A la fraîche! »

Il lui semble tout à coup qu'il a soif. Justement il possède quelques sous, que son oncle lui a donnés la veille.

Il s'approche du marchand :

« Un sou de coco, s'il vous plaît. »

Mais Pierrot n° 2 a eu la même idée que lui, et même il l'a eue un peu plus tôt, si bien que, quand Pierrot n° 1 s'avance, le marchand est en train de verser à Pierrot n° 2 un verre de son exquise liqueur de réglisse.

« C'est à moi! s'écrie Pierrot n° 1.

— Non, c'est à moi! réplique Pierrot n° 2.

— C'est moi qui l'ai demandé en premier! — Non, c'est moi! — Si! — Non! — Si! — Non! » répètent-ils tour à tour.

Des paroles on en vient aux gestes, des gestes aux coups.

Et qu'est-ce qui arrive?

Que le verre tombe à terre et se brise.

Le marchand de coco saisit les deux camarades par les oreilles.

« Qui casse les verres les paye! dit-il; vous allez me payer.

— Ce n'est pas moi, c'est lui! — C'est lui, ce n'est pas moi! »

Et la même chanson recommence.

Je vois accourir le sergent de ville.

J'ai bien peur qu'il ne dise aussi : « Qui casse les verres les paye », et qu'il ne mette Pierrot n° 1 et Pierrot n° 2 en prison, jusqu'à ce qu'ils aient vidé leur bourse.

LA PETITE AUMÔNE EST LA BONNE.

La petite aumône est la bonne.

Tout le monde n'a pas une grosse bourse, remplie de pièces d'or qu'on peut distribuer aux pauvres, si on a le cœur charitable.

Mais tout le monde a presque toujours quelque chose qu'il peut donner.

Pierrot Ramoneur a gagné deux sous. Avec ces deux sous, il a acheté un morceau de pain.

Le morceau de pain est gros, mais pas si gros que l'appétit de Pierrot Ramoneur, qui n'a rien mangé depuis hier soir et qui a travaillé toute la matinée.

Il mangerait bien ce gros morceau de pain à lui tout seul; il en a déjà dévoré la moitié.

Mais il rencontre Pierrette et Pierrot Mendiants.

Ils n'ont pas mangé, eux, depuis avant-hier; aussi ils ont faim! ils ont faim! Oh! qu'ils ont faim!

« Prenez! » leur dit Pierrot Ramoneur en leur tendant le reste de sa miche qu'il a partagé en deux.

Les deux pauvres petits ne se font pas prier et mordent à belles dents dans le beau croûton appétissant.

Pierrot Boulanger qui est sur sa porte s'écrie :

« Pierrot Ramoneur est fou de donner le pain qu'il a gagné à ces petits malheureux! »

Mais le bon Dieu a vu Pierrot Ramoneur et il pense tout différemment que Pierrot Boulanger.

Car, pour lui : La petite aumône est la bonne.

Les enfants n'ont pas toujours beaucoup à donner, mais cela ne doit pas les empêcher de faire l'aumône.

Ils peuvent distribuer aux pauvres une partie des sous qu'on leur donne quand ils sont sages.

Ils peuvent partager les friandises qu'on leur donne avec leurs frères et sœurs et avec leurs petits amis.

Ils peuvent leur prêter leurs joujoux de bonne grâce.

Quelquefois ils n'ont à offrir qu'une caresse, un mot affectueux, un baiser; mais, aux yeux du bon Dieu : La petite aumône est la bonne.

Coulommiers. — Imp. P. Brodard et Gallois

Librairie Ch. DELAGRAVE, 15, rue Soufflot, Paris.

LA FARCE DU PATÉ ET DE LA TARTE

COMÉDIE DU XVe SIÈCLE ARRANGÉE EN VERS MODERNES

Par GASSIES DES BRULIES

Avec 12 planches en taille-douce de J. GEOFFROY

Un bel album in-8°, 8 fr. — Quelques exemplaires sur papier du Japon, 30 fr.

LA FARCE DU CUVIER

COMÉDIE DU XVIe SIÈCLE ARRANGÉE EN VERS MODERNES

Par GASSIES DES BRULIES

Avec 9 planches en taille-douce, par J. GEOFFROY

Un bel album in-4°, 6 fr.

LA FARCE DE MAITRE PATHELIN

COMÉDIE DU MOYEN AGE ARRANGÉE EN VERS MODERNES

Par GASSIES DES BRULIES

Avec 16 planches en taille-douce, par BOUTET DE MONVEL

Un magnifique album in-4°, 10 fr.

Collection de volumes illustrés, format in-8° jésus. Br. 10 fr. Rel. tr. dor. 13 fr.

Le petit Lord, par E. Dupuis. — **Les Héritiers de Jeanne d'Arc**, par Frédéric Dillaye. — **Les Héritiers de Montmercy**, par E. Dupuis. — **L'Espion des Écoles**, par Louis Ulbach. — **Mont Salvage**, par S. Blandy. — **Le Vœu de Nadia**, par Henry Gréville. — **Un Déshérité**, par Eudoxie Dupuis. — **La Mission du Capitaine**, par Ch. de Charlieu.

Collection de volumes illustrés, format grand in-8° pittoresque Br., 5 fr. Rel. toile, tr. dor., 7 fr. 50.

Les Cévennes et la région des Causses, par E.-A. Martel, avec nombreuses illustrations et cartes. — **Les Alpes**, par Emile Levasseur. — **L'Afrique pittoresque**, par Victor Tissot. — **La Comédie des Animaux**, par Méry. — **Voyage scientifique autour de ma chambre**, par A. Mangin. — **A la Recherche de la Pierre philosophale**, par E. Leblanc. — **La Guerre**, par Carlo du Monge.

Collection de volumes illustrés format petit in-4°. Br. 5 fr. Rel. tr. dor., 8 fr.

Le Livre des Petits, par Jean Aicard, illustrations de Geoffroy. — **Les trois petits Mousquetaires**, par Emile Desbeaux, illustrations de Ferdinandus, Scott, Zier, Vogel, etc. — **Jean Déperet**, par Mme A. Lion, illustrations de Ferdinandus.

LE GUIGNOL DES CHAMPS-ÉLYSÉES

Par Arsène ALEXANDRE et Ad. TAVERNIER

Illustrations de GEOFFROY. — Un beau volume in-8° broché, 5 fr. — Relié, tr. dorées, 7 fr. 50

LE LANGAGE ÉQUESTRE

Par JULES PELLIER

Ouvrage renfermant 61 compositions inédites, par Pierre GAVARNI, 18 reproductions de photographies instantanées, 52 gravures des maîtres de l'équitation, et 2 planches hors texte

Un magnifique volume in-8° jésus broché, 25 francs. Avec reliure amateur, 30 francs.

L'AN 1789

Par HIPPOLYTE GAUTIER

MAGNIFIQUE VOLUME GRAND IN-4°

RENFERMANT

150 gravures dont 100 tirées à part sur papier vélin en noir ou en couleur

REPRODUISANT

des estampes, tableaux ou vignettes de la fin du XVIIIe siècle, 4 cartes de la France de 1789 et des plans de Paris

UN TRÈS FORT VOLUME DE 860 PAGES DE TEXTE TIRÉ SUR PAPIER DE LUXE, FORMAT GRAND IN-4°

Prix : Broché, avec couverture de luxe, parchemin gaufré, titre doré, 50 fr.

Avec reliure demi-chagrin, fers spéciaux, tranches dorées ou d'amateur, maroquin, avec coins, tête dorée, 65 fr.

IL A ÉTÉ TIRÉ :

22 exemplaires sur papier du Japon des manufactures impériales, numérotés de 1 à 22 et imprimés au nom des souscripteurs, au prix de 200 fr. l'exemplaire.

Coulommiers. — Typ. P. BRODARD et GALLOIS.

www.ingramcontent.com/pod-product-compliance
Ingram Content Group UK Ltd.
Pitfield, Milton Keynes, MK11 3LW, UK
UKHW021021200726
13857UKWH00004B/1513